내 말을 밀고 가면 너의 말이 따라오고

내 말을 밀고 가면 너의 말이 따라오고

2024년 10월 8일 초판 1쇄 인쇄
2024년 10월 16일 초판 1쇄 발행

지은이 | 이송희
펴낸이 | 孫貞順

펴낸곳 | 도서출판 작가
(03756) 서울 서대문구 북아현로6길 50
전화 | 02)365-8111~2 팩스 | 02)365-8110
이메일 | cultura@cultura.co.kr
홈페이지 | www.cultura.co.kr
등록번호 | 제13-630호(2000. 2. 9.)

편집 | 손희 김치성 설재원
디자인 | 오경은 박근영
영업 | 박영민
관리 | 이용승

ISBN 979-11-94366-00-3 (03810)

* 잘못된 책은 구입하신 서점에서 바꾸어 드립니다.

* 이 도서는 2024년 한국문화예술위원회 아르코문학창작기금(문학 창작산실) 사업에 선정되어 발간되었습니다.

값 12,000원

작가기획시선 035

내 말을 밀고 가면 너의 말이 따라오고

이송희 시집

작가

■ 시인의 말

세상을 바꿀 수 없다면
마음을 물들이고 싶다.

사랑의 빛으로 세상을 품는
사람을 기억한다.

시는 내게 다리 같고,
낡은 책 같고,
지울 수 없는 염료 같다.

2024년 10월
이송희

차 례

제2부

제3부

제4부

해설

제1부

거울을 표절하다

그녀의 목소리를 베끼기 시작했어
매끄러운 음절과 엇박자의 매력을
싱그런 웃음소리도 자연스럽게 섞었지
등 뒤의 배경이 아무래도 불안해서
지나가는 구름과 저녁놀을 깔아뒀어
흥겨운 배경음악에 오른손을 흔들었지
누가 온 것 같은데 흔적 없는 마음의 창
마스크로 가린 문장은 아무도 눈치 못 채
어디서 왔는지 모를 찬바람만 떠돌았지
내가 없는 표정과 출렁이는 분위기에
사람들이 끝없이 박수를 보냈지
이제야 거울 앞에서 네 얼굴의 나를 만나

배꼽의 둘레

내 울음의 뿌리가 어디인지 알았지

지하 방은 좁고 깊어 무엇도 닿지 않아

그림 속 낡은 둘레가
깃발처럼 펄럭인다

색이 번진 표정은 도무지 알 수 없어

맨 먼저 닿은 단어를 빵 속에 섞는다

거울엔
조각난 내가
맞춰지는 중이야

중심이 된다는 건 외로운 일이지

왜 나는 흩어지면서 내면을 걷도는 걸까

모르는 울음의 거처를
내게 다시 묻는다

환승의 시간

당신은 비 오는 날 환승역을 지난다

지나온 길들을 손바닥에 새긴 채

미로로 들어서기 전
잠시 멈춘 발걸음

물에 젖은 계절이 표정을 바꾼다

흩어졌다 사라지는 구름 속 햇살처럼
슬며시 얼굴을 지운 흐린 내가 보인다

출입문 닫다가 잘려 나간 그림자
창밖의 배경은 어둡거나 쓸쓸해

끝없이 소곤거리며
멀어지는 검은 눈

바람이 어깨를 툭 치고 지나간다

끊어진 길 위로 달려오는 환승 열차를

한 걸음 물러선 채로
하염없이 기다린다

연관검색어

며칠째 기척 없는 창문을 열었어

밤새 울던 고양이가 침대 위로 올라왔지

거울 속, 탈모샴푸가 널브러진 금요일

수시로 날아든 대출 문자 재난 문자

실시간 주식 시장엔 붉은 화살이 떠다녔지

모르는 누군가에게 쫓기는 꿈을 꿨어

먹통이 된 모니터에 갇혀버린 해와 달

지난주 복권 몇 장은 휴지통에 버렸어

부러진 오른발 위에 부목을 대고 섰지

더 어두워지기 전에

우리는 느릿느릿 어두워지기 시작한다
내가 흘린 밥알을 그녀가 치우는 동안

몇 번을 되풀이하며
쏟았던 눈물의 잔

가슴에 끌어안은 침묵의 액자 속엔
지난 겨울 베끼다만 뭉크의 자화상

어둠을 덧칠하면서
내 눈도 흐려진다

조금씩 바람은 서쪽으로 기울지만
검은 창 젖히면 또렷해진 물병자리

그녀는 오간 데 없고
빗소리만 요란해

일기 속 우기

그날 밤 파랑새는 울음을 멈췄죠

비가 종일 내렸고 아빠를 입원시켰어요

이불을 뒤집어쓴 채 젖은 밤을 곱씹었죠

그날의 문장에선 약 냄새가 풍겼어요

장면이 흐를 때마다 숨소리가 가빠지죠

벌어진 시차 때문에 숨이 자꾸 막히네요

드문드문 행간에 안개가 피어올라

당신의 가는 길을 붙들지 못했어요

돌아본 갈피 사이로 우기가 올 거예요

몽유

*

그 길에 들어서면 나는 항상 길을 잃어

지나친 건 아닐까?
안개에 갇힌 집

아무도 열어주지 않는 그 문을 두드려

**

누군가 등 뒤에서
날 부른 듯했으나

서늘한 목소리만 스쳐 간 꽃밭에

네 이름
썼다 지운 자리

푸른 멍이 번져와

꽃꽂이

당신의 젖은 혀를 단숨에 자른다

피투성이 잘린 말이 조각조각 쌓인다

허공에 매달린 것은
가지런한 침묵뿐

자잘한 말이 붙은 뿌리를 털어낸 뒤

빛이 아주 잘 드는 탁자로 가져간다

거울 속, 당신의 겨울이
하얗게 물든다

안개 핀 창문에는 몇 줄기의 빛과 어둠

시간이 저문 뒤에야 보이는 자화상

아무도 모르는 사이
눈 코 입을 바꾼다

굳어간다는 것은

몇 개의 빵들이 탁자에서 굳어간다
컵 속에 눌어붙은 커피의 자국들
그녀가 정리하지 못한 시간들이 멈춰 있다

소파에서 웅크린 채 숨을 멈춘 말티스
수분이 빠져나간 스칸디아모스 화분처럼
온몸이 뻣뻣해지며 사물들은 고정된다

못 돌아온 기억들도 굳어가는 것일까
캄캄한 모니터 창에 메시지가 떴다 질 때
마지막 발음기호가 무음으로 깔린다

철길 위의 시간

1

우리는 약속처럼 간격을 유지했다

같은 곳을 향하여 꿈꾸는
은빛 창문

적당히 바람이 불고
그리움도 덜컹거려

2

바깥은 아직 여름, 우리는 뜨거웠다

저녁이 지나가고
막 눈 뜬 역사 안에

다시는 만날 수 없는
기적 같은 하루가 온다

회전문

네 얼굴은 수시로 표정을 바꿨어

내 말을 밀고 가면 너의 말이 따라오고

한동안 어지러워서 한 곳을 맴돌았지

깍지 낀 [illegible] 눈 밖으로 사라지면

가끔씩 멀리서 봄냄새가 흘러왔지

아침을 지나오다가 납빛이 된 네 얼굴

별들이 떨어져도 컵 속 물은 고요해

싸늘한 눈빛이 어제를 돌아 나올 때

모른 척 낯선 얼굴로 너는 또 문을 민다

어떤 종점

이제 그만 일어설까
막차가 떠나간다

아무 일 없다는 듯
그는 손을 내밀며

빈속에 부서진 밤을
마저 털어 넣는다

오래전 멈춘 시침은
자정에 가깝고

빚 문서 사르던
파란 불꽃 보인다

서로의 끝이었던 길
서서히 지워진다

기억은 돌아갈 수 없는, 나를 불러 세웠지

나무에 매달린 채로 눈 감은 수평선

어둠이 부풀기 전에 아침이 오고 있어

해변으로 가요

오래전에 버렸던 물살들이 거기 있다

울컥 치미는 말에서
풍기는 짠 냄새

바다엔 썼다 지웠던 문장들이 흩날렸다

몇 번을 쌓았지만 무너지던 모래성

모래의 등을 밀면서 파도는 다가왔다

단단한 조약돌만이 언제나 빛이 났다

밤이면 첨벙첨벙 맨발로 오는 바다

검은 모래 위에서
우린 점점 죽어갔다

창백한 달빛이 가린 기억들이 멀어진다

청소

먼지 쌓인 당신의 밤을 싹싹 쓸어 담는다

아무렇지 않은 듯 걸려있는 사진들

풍경을 걷어내면서 마음도 비운다

바람이 데려온 낯익은 골목에는

함께 했던 시간들이 파지로 뒹군다

몇 조각 찢어진 말이 허공에 흩어진다

렌즈를 갈아 낀 후 입 씻고 귀 닦고

울음까지 탈탈 털어 베란다에 널어놓는다

새벽엔 버린 밤들이 차곡차곡 실려 간다

풍선

낯선 길을 걷다 보면 땅에 발이 닿지 않는다
누군가 날 들어 허공에 띄운 것일까?

내 귀에 노래 한 소절 같은
말풍선이 붙는다

당신밖에 없다는 말이 목덜미를 잡아챈다
달콤하고 말랑말랑한 오색 빛깔 꿈의 날개

산맥과 바다를 건너
날아오는 풍선들

헛손질에 울음 터져도 눈물 끝을 당긴다
언젠가는 터져버릴 말들의 물보라를

우리는 바람을 삼키며
새떼로 날아간다

제2부

보수동 책방골목

나는 다시 어두운 행간을 서성이네
걷다가 놓쳐버린 지난 세기의 구절들

불안을 뒤적이면서
손끝으로 길을 읽네

그 어떤 수식도 없이 간결했던 우리의 말
날을 세운 문장은 어디론가 끌려가고
먼지 낀 갈피 속에는 숨 죽은 목소리

골목 끝 마지막 장에 내간체로 살던 그가
빛바랜 문단 사이로 비틀비틀 걸어오네
그 시절 추운 언어를 부둥켜안고 우네

깨진 창문 안에는 몰래 읽던 역사책들
불온한 시대의 페이지를 접고 쓰네

서로가 참고문헌이 되어
길의 목록을 만드네

염색

물이 든 아이들이 통 속에서 나온다

검고 흰 혓바닥을
위아래로 날름거리자

세상의 모든 색소가 말풍선으로 떠다닌다

너로부터 시작된 화려한 소문은

가슴에 스며들어 지워지지 않는다

실시간 창문에 비친
얼룩무늬 별자리

붉게 물든 얼굴이 뒹구는 운동장엔

짓뭉개진 눈코입이
바람 따라 흩날린다

허술한 줄거리들이 나무 위에 걸린다

불안을 딛고 일어선 검고 푸른 손바닥

시시각각 변하는 색, 구석구석 퍼진다

누군가 곁눈질하며
못 본 척 지나간다

다시, 극락강역

내게서 벗어 난 길이 십일자로 누워 있다

첫눈이 내린 뒤 눈 속에서 치른 장례

앙상한 이목구비엔 서리가 내렸다

엇갈린 약속이 이토록 간절해서

미처 다 품지 못한 당신의 이야기

우리의 마지막 날은
눈물처럼 흘렀다

생의 고랑을 넘어가는 낡고 늙은 그림자

맨발로 따라가다 뭉개진 그리움이

다시는 돌아올 수 없는
철길를 지나간다

우리는 안녕

잘 지내니
안부가 저녁이면 돌아온다

너무 많은 물음이 물음 속에 가라앉고

우리가 할 수 있는 건 기억을 기억하는 일

반쯤 남은 노을이 잠기는 순간에도
차마 뜨지 못하고 서성이는 걸음 하나

물음은
그물에 걸려 쉬지 않고 파닥인다

봉분 없는 무덤에 쏟아지는 빗소리
누구의 눈 속일까 어둠이 쌓이는 소리

바다는
밤새 울면서 세월을 당긴다

생일을 축하해

이곳에 온 날을 당신은 기억하나요?

이름이 떠오르지 않아
거울 앞에 선 나는

한 번도 가본 적 없는 어두운 길을 생각해요

지워진 기억 속에는 고욤나무가 우거져

나무 뒤로 숨은 내가 보이지 않네요

천천히 묻고 답하는
촛불 위의 혼잣말

그해의 겨울은 한동안 견딜 만했어요

내가 없는 내 생일로
한 해를 보내면서

저 아래 부유하는 나를
속절없이 잡아 봐요

다시, 바다의 시간

서서히 가라앉는 슬픔이 여기 있다

바다를 껴안은 채 잠이 든 섬 하나

파도는 흩어졌다가
거품으로 모인다

아무도 아닌 네가 우리가 되었던 날

고개를 끄덕이며 보내준 혼잣말들이

사랑을 놓친 봄이면 허공마다 걸린다

녹이 슨 기다림에도 끝내 닿지 못하는

만지면 바스라질
모서리의 울음을

기억은 뱃머리 돌려 돌아오는 중이다

왕비 이야기

왕관을 쓴 그녀*는 어떻게 되었나요?
해가 저문 곳에서 환한 길이 끊기고
바람에 떠밀려 온 건 막다른 길의 돌담

무성한 안개 숲에서 말들이 달려왔죠
발길에 부딪혀서 터지는 말풍선들
구름은 능선 너머에 노을로 스러졌어요

골목을 돌고 돌면서 형태를 바꾼 어미
어미 뒤에 숨어들어 눈치 보는 꼬리말
거리엔 마스크를 쓴 입들이 떠다녔죠

*코로나는 '왕관'이라는 뜻이다.

거리 두기

내게서 격리된 내가 허물을 벗고 있다

손과 발이 묶이고 입마저 가려진 채

누구도 꺼내지 못한 거울 속에 갇힌다

침묵이 고인 식탁, 홀로 씹고 삼킨 말은

소화되지 못한 채 구석에 쌓인다

베란다 화분 속에는 불안이 자란다

유통될 기한도 없는, 마스크 쓴 낮과 밤

실금이 유리벽에 번져가는 중이다

밀폐된 통 속에 누워 날을 세운 눈빛들

블랙아웃

텅 빈 몸속엔 검게 핀 먼지뿐

흐릿해진 문장을 손끝으로 짚어가며

지하에 감긴 눈들을
흔들어 깨운다

난간 없는 계단은 하염없이 흘러내려

핏발 선 눈동자들 바닥에서 신음한다

꺾이고 접힌 몸마다
꿈틀대는 손가락들

야윈 목을 졸랐던 오월의 밤들이

머리채 휘어잡고 끌고 온 이곳에

얼룩진 비명 하나를
촘촘히 새긴다

폭설의 형태

며칠째 독한 말이 입안에 가득해

밟히고 뭉개진 채
납작하게 짓눌린 채

찢어진 혀를 내밀어 언 입술을 녹인다

흙먼지 뒤섞인 말이 방 안에 수북하다

밤사이 바람이 훔쳐 간 순한 말은

눈감은 화살이 되어
어디에 박혔는지

일그러진 눈에서 말의 가시가 돋는다

엊그제 내린 눈과 또 다른 표정으로

누군가 갈겨쓴 말을
입안에 굴려 가며

비의 감정

당신은 무식하게 폭언을 쏟아낸다

말 한마디 건넬 틈 없이
문 앞에 붙인 독촉장처럼

언제나 사선으로만 뒤통수를 내리친다

송두리째 쓸고 갈 듯 밀려오는 소리들

기다란 벽에 붙어 당신을 피해 다닌다

금 간 벽
틈새로 들어오는
매서운 통보들

수장한 꿈들은 어디로 쓸려 가는지
누구도 찾을 수 없는 유서가 떠돈다

오가던 길이 잘린 채
속수무책 밤이 온다

미끄럼틀을 타다

우리는 신나게 미끄럼틀 오르내린다

쉬어갈 틈도 없이 다음 순서 기다리며

빛나는 미끄럼틀에 힘껏 몸을 던진다

이번 주에 연락드리죠
미끄럽게 건너온 말들

마스크 속 입술은 읽을 수가 없었다

출구가 이미 보이는
손잡이도 없는 꿈

가파른 계단 아래 미끄덩한 이력서

또다시 무릎 굽혀 미끄럼틀 오르면

시소의 저쪽에 앉아
활짝 웃고 있는 노을

겨울비

– 르네 마그리트 그림, 〈골콘다〉를 보고

검은 비가 내렸지만
아무도 젖지 않았다

검은 모자와 망토를 걸친 사람들

누구도 궁금하지 않은
하얀 밤을 섞어 마신다

벽에 걸린 하늘과
구겨진 집도 얼어

우리는 더 견고하게
줄과 열을 맞춘다

잘 짜인 시간에 따라 끼워 맞춘 생의 퍼즐

허공엔 걸쳐 놓고 온 침묵이 덜렁거리고

지상에 닿지 못할 흰 꿈이 나뒹군다

무리를 이탈한 사내가
겨울비에 젖고 있다

어떤 가족

현관문이 닫힌다
아이 방은 조용하다

봄이 오고 여름이 와도 열리지 않는 문

아이의 책상 위에는
먼지로 쌓인 침묵

아내는 부엌에서 사내를 볶는다

달달 볶인 남자의 구부러진 머리카락

뜨거운 속을 저으며 기름을 붓는다

어느새 집 안에는 불길이 번져간다

타버린 심장 속,
재가 된 말과 글

기억을 더듬거리며
안경을 찾는다

이상기후

액정 나간 핸드폰을 수리점에 맡긴 날

당신의 번호가 떠오르지 않아서

막연한 숫자 누르다
낯선 이름 불렀지

빈 화분 머물다 간 빛바랜 바람 소리

먼지 낀 창문들이 기억을 들춰내면

길 건너 풍경 하나가
지워지는 중이야

뼈마디 맞추느라 우린 오래 흔들렸지

죽은 듯 잠든 시계,
오늘은 며칠인가

냄비엔 펄펄 끓다가
식어버린 혼잣말

창

당신의 창문으로 침묵이 흘러내려요

미세먼지 뒤덮인 표정과 목소리엔
아프게 부메랑이 된 말들을 담고 있죠

바깥은 어느새 싸늘하게 식은 저녁
누구도 묻지 않은 안부를 떠올리며

어둠을 깔고 앉은 채
혼잣말을 건네요

고개를 돌리다가 돌이 된 사람들

몇 번의 클릭에도 안 열리는 창 앞에서

또 다른 당신을 위해
새 창을 만들어요

제3부

서랍의 시간

당신은 지친 나를 양말처럼 구겨 넣는다

바닥으로 흘려버린 감정은 버려둔 채

서글픈 비명을 밟고 거칠게 문 닫는다

나를 지우고 품었던 여러 겹의 내 몸들이

포개진 어둠을 안고 새우잠을 청할 때면

비틀린 봉제선 따라 바람이 걸어 온다

삭제되다

밤새 썼던 문장들은 돌아오지 않는다

비어 있는 파일 속 숨겨둔 기록들은
누구도 찾을 수 없게 지워지고 말았지

우리가 나눴던 대화의 끝자락에
뚝 그친 울음과 멈춰 버린 미싱 소리

페달을 밟을 때마다 아이들은 쑥쑥 컸어

원고지 빈칸에는 침묵이 들어찼지

몇 마디 말만으로도 어색함 덜어낸 날
떨어진 나뭇잎들이 움푹 팬 길을 메운다

액자식 구성

그와 함께 걷던 길은 여전히 푸르러

다가설 때마다 나는 자꾸 밀려났어

도무지 닫힌 창문은 열리지 않았지

우리는 서로 다른 하늘을 바라봐

뜨겁고 화려했던 첫 문장을 가르며

바람이 겨드랑이로 거침없이 끼어들었지

그는 말이 없었고 나는 여태 흐느꼈어

내 안이 활활 타는 동안 벚꽃잎은 부풀었지

오후엔 가끔 흐리고 비가 온다고 했었어

블루스크린

우리의 대화는 유빙처럼 흘러내려
눈물이 된 남극의 꿈이라도 꾼 걸까

도무지 알 수 없는 언어가 허공을 맴돌아

닫힌 듯 열려 있는 격자무늬 창문 밖
어디론가 흘러가는 뜬구름만 무성해

파랗게 질린 표정 속,
감춰진 이야기들

정지된 시곗바늘만 바라보다 잠든 새벽
깜깜하게 잠겨버린 눈 코 입을 더듬는다

불안한 혀끝에 감긴
소리를 지운다

떠도는 거울

인사를 나눴어
알고 있던 사람처럼

어색한 입모양은 마스크로 가려둔 채

각도를 바꿔가면서 표정마저 지웠지

아무 말 하지 않은
저녁에서 아침까지……

흑백의 배경으로 계절이 지나갔어

우리는 허허벌판을 잠시 잠깐 걸었지

새파란 창밖에서 누군가 날 불렀어

얼굴을 잠그고 암호를 걸었지

아무도 궁금하지 않아
우린 서로 모르는 사람

테이크아웃 해주세요

함께 나눈 말들이 소복소복 쌓였어

틈새를 벌리고 불어넣은 바람들

달콤한 위로 몇 개도 고명으로 얹었어

아무도 모르는 사이 번져가는 소문은

적당히 버무려서 두서없이 담았지

그들은 간을 맞추며 울다 웃길 반복했어

가벼워지기 위해서는 표정을 바꿔야 해

민낯 가릴 휘핑크림은 더 이상 필요치 않아

어느새 목소리에는 힘이 가득 담겼어

밖으로 흘러넘치는 울음을 덮느라

서로의 안부를 우린 힘껏 끌어당겼지

포장된 도로 위에는 낯선 표정이 즐비했지

백지의 이면

호수의 바닥을 말리는 더운 바람

입술을 핥으며 안개를 마신다

어디로 사라졌을까
미로를 적시던 혀

독한 말이 빈속으로 스르르 들어와

가시처럼 뾰족한 한순간을 놓친다

당신이 물들인 밤은
물고기처럼 고요해

하얗게 질린 눈과 떨고 있는 표정 속

몇 번을 머뭇대다 띄우는 메시지

어디서 시작해야 하나
이렇게 마른 문장은

업데이트

하루도 빠지지 않고 그곳에서 만났어요

잡티가 남아 있는 뿌연 창을 닫으며
다음날 갈아 끼우려 맑은 창을 주문해요

방치된 대화상자엔 흘러넘친 이야기들

아무 때나 나타나는 당신 닮은 아바타

애달픈 밤의 모서리가 하얗게 빛났죠

흘러간 사랑 노래를 배경으로 깔면서
노을 지는 장면을 들어내고 지워갔죠

우리는 서로에게서 벗어나는 중이에요

엔딩 크레딧

주문 내역 확인해요
숨을 멈춘 길의 목록

당신과 걷던 길의
풍경들이 올라가요

삼인칭 전지적 작가가 남기고 간 유서들

카카오톡 대화창엔 생일 축하 메시지뿐

일주일 전 당신의 목소리는 빛났어요

도대체 어디쯤에서 우린 눈을 감은 건지

밑줄 그은 페이지엔 이름들이 떠올랐지만

봄날이 가기도 전에
떨어진 꽃잎을 따라

지워진 긴 골목 같은
하루가 또 흘러가요

당신은 섬처럼

나에게 말 거는 건 파도의 거친 기억뿐
입 안에 머금었다 삼켜버린 짠물에는
아무도 알아듣지 못한 혼잣말이 출렁였다

감은 눈을 뜰 때마다 달라지는 모래사장
무의식을 거닐면서 나 또한 배경이 된다
어제와 다를 것 없는 수평선의 긴 표정

허공에 매달린 혀, 끌어당길 때마다
목젖을 스치는 실오라기 울음 한 가닥
이제껏 말이 되지 못한, 계절들이 다가온다

금 간 꽃병

목이 긴 기다림에도
그녀는 오지 않았고

바싹 마른 입술에
헝클어진 기억 뿐

바닥엔 깨진 문장이 날이 선 채 반짝였다

빠져나간 생각들이 허공을 메우던 밤

생을 묶던 줄 하나
내 안에서 끊어지자

쓰러진 슬픔 몇 다발
환하게 피어났다

분리수거

어제를 분리해서 폐기하는 아침이면
소리가 흘러넘칠까, 병뚜껑 덮은 채
우리는 얽힌 감정을 하나둘 떼어냈어

옷깃을 물고 있는 하마가 달아났어
당신을 머금던 눈물도 털어냈지
멍든 눈, 찢어진 입은 늪 속에 가뒀어

두터운 어둠을 접어 돌돌 말아 넣었지
서로의 속을 열어 나눠진 우리는
날마다 비워가면서 가벼워지고 있었어

겨울의 환

– 자화상

사선으로 흩날리다 사라진 너를 봐

허공을 채우는 푸른 눈을 기억해

뒤쫓는 불빛을 지나 오르는 빙벽의 손

붙잡던 두 손을 놓아 버린 어느 날

몸 밖으로 흘러내린 소리들이 멈췄어

정지된 화면 속에는 표정 없는 이모티콘

어디에도 없는 내가 거울 밖에 웅크렸어

나를 끌고 간 그와 눈빛을 공유했지

언젠가 만났던 것처럼 어색하게 웃으면서

모자이크

우리는
가난한 숲에
둥지를 틀었지

원고지 같은 창문
꽃무늬로 덮인 벽들

조각난
책상과 침대를
그냥 두고 잠들었어

어긋난 기억이
서로를 끌어당길 때

습관처럼 책장은
위칸부터 채워갔지

한 번도 닿지 못한 무늬들
소나기로 내렸어

한 조각 떨어져 나간
그 표정을 찾느라

우린 더 가까이 머리를 맞댔지

아직은 완성되지 않은
둥지를 채색하며

AI 쇼핑

슬픔을 예약했어요
다음 주 토요일로

울고 싶은 날이죠
취소는 안 된대요

실연의 주인공을 따라
한강변으로 갈게요

추가된 옵션으로
웃음을 구매하면

자동으로 당신도
업데이트될 거래요

또 다른 감정들을 모아
장바구니에 담아둬요

제4부

어떤 동거

TV 좀 켜줄래? 친근하게 건네는 말
내일은 비가 온다고 우산을 챙기란다

섬세한 매너 모드에 우린 더 친해진다

밥이 다 되었다는 그녀의 목소리와
빨래를 시작하는 목소리가 엇갈린다

적당히 조도를 낮추는 센스와 함께 산다

우리의 믿음이 두터워져 갈수록
익숙해진 시간 속에 서로를 감시하고

서로가 부를 때마다 마음이 더 급해진다

스토킹

젖은 길 두드리며 종일 비가 내릴 때면
추적추적 누군가 내 뒤를 밟고 있다

소리는 빗물에 섞여
유리처럼 부서진다

페이스북 푸른 담엔 처음 본 아바타
당신의 초대장을 열지 않고 삭제해도
새로운 친구 추천이 쉼 없이 올라온다

창문을 닫을 때마다 새 창이 열리면서
어제의 쇼핑 목록이 와르르 쏟아진다

누굴까,
흘깃거리는
저 낯선 방문객은

그림자 노동

키오스크 앞에서 커피를 주문한다
레귤러 사이즈에 휘핑크림 얹은 후
순서를 기다리면서 놓친 말을 곱씹는다

바닥에 가라앉은 시간마저 버리면서
멈출 수 없는 바퀴로 사는 나를 또 돌린다
안내된 문구를 따라 바코드를 찍는 오후

샷 추가된 피로가 종이컵에 쌓이는 동안
등 뒤의 모래시계도 쉼 없이 흘러간다
아무도 모르는 사이 그림자가 되어간다

프레임

그 정도면 충분해
접어서 넣으면 돼

꼬리가 긴 말들은
압축팩에 넣었어

똑같은 입술 모양에
찍어내는 당신의 말

여전히 당신 안에서
눈을 뜨고 밥 먹고

알람이 울리면
비대면 창을 열어

각각의 폴더에 담긴
이름을 클릭하지

편집의 방식

떠도는 말을 모아 폴더에 담았지
연관된 검색어로 열과 줄을 맞춘 방
억지로 끼워 넣었던 웃음은 삭제했어

가식적인 인사로 가까워진 우리에겐
몇 차례 공유한 밤이 메모리에 가득했지
하늘은 눈치도 없이 초롱초롱 빛났어

쌓여가는 서류 틈에 납작해진 인사보고
적당히 어순을 바꿔 파일을 압축한 후
구겨진 표정 하나를 휴지통에 넣었어

일인칭

바늘 같은 질문이 내 안에서 쏟아졌어요 입력창에 새겨지는 다 낡은 이름과 주소 겹겹이 열린 창으로 슬픈 표정 스치네요

빈칸을 채워가며 나는 나를 인증해요 여기가 어디인지 되묻는 문장 앞에 그동안 헤맸던 길이 울퉁불퉁 펼쳐져요

못다 한 꿈들은 임시저장 해뒀어요 언제든 꺼내 쓰는 여럿의 내가 담긴 3인칭 전지적 시점의 이야기를 클릭해요

서로이웃

이따금 옆집에서 강아지가 짖었어요

얼굴 없는 그림자가 문밖에 서 있나요

복도를 함께 쓰면서 바람을 공유했죠

문 앞의 택배 상자엔 강아지 사료뿐

벨을 힘껏 눌러도 반응이 없더군요

일면식 한 번도 없는 달력이 넘어가요

어디선가 흘러나온 아나운서 일기예보

내일의 날씨는 구름 가끔, 흐리다네요

여전히 모르는 얼굴이 이웃 추가돼 있네요

우리 사이

사과를 베어 문 채 그는 말을 아낀다

가끔 내는 소리는 건포도처럼 주름진다

빈 잔을 채우는 것은 붉은빛의 쓴 침묵

오래된 커튼 자락에 몸을 숨길 때마다

표정을 바꾸어 가는 유리 벽의 해와 달

벗어둔 그림자 속에 칼을 품고 걷는다

방치된 대화창엔 읽지 않은 메시지들

부드럽고 우아하게 소리 없이 잘라낸다

거울이 부서진 채로 아침이 밝는다

유튜브 바로가기

나를 또 재생할 키워드 만들어요
말초신경 자극하는 어둠에 안개 섞어

수많은 당신들 앞에 나는 옷을 벗어요

염산인 듯 물쇼하고 쇠도 씹어 삼키면서
온몸을 접었다 폈다 들었다 내려놓고

모르는 당신을 향해 환하게 웃어줘요

누가 날 좋아하나 검색창 뒤적이며
길고 짧은 댓글에 내 몸 끼워 맞춘 채

오늘도 당신을 가둘 새장 하나 만들어요

화이트아웃

누가 날 여기에 데려다 놓았을까?

안개를 건너가면 새 길이 열릴 거라던

귓속에 맴도는 말이
모래알로 흘러내린다

뭉크의 절규를 저벅저벅 걸었다

허방에 헛디디고 늪지에 빠진 발

경계가 지워진 곳에
덩그러니 몸만 남아

하얗게 물든 밤과 캄캄한 낮의 시간

그 속에 갇혀서 제자리만 맴돌던,

뭉개진 나를 꺼내어
기억을 두드린다

가스라이팅

가스등을 낮추면서 그는 나를 나무란다

어두워진 방문이 자꾸 나를 두드리고

퍼렇게 멍든 하늘이
심장을 울린다

어긋난 박자에 시간마저 금이 간다
확신했던 것들도 이제 믿지 못하고

잘 못 본 저녁이 오면
말수가 줄어든다

어둑해진 집 안은 늘 춥고 배가 고파
아무도 돌아보지 않는 배경화면 그 너머

우리는 모르는 빛깔로
섞여가는 중이다

커튼콜

그러니까 그들은 이미 떠난 뒤였다

바람이 멎은 데다
소리마저 끊겼던

파도만 박수갈채로 밀려왔다 떠났다

텅 빈 객석 뒤로 한 채 그들은 흩어졌다

거미줄 친 기타와 아무데나 펼쳐진 악보

그들은 눈을 감은 채
우리를 반겼다

퉁퉁 불은 컵라면과 정체 모를 약봉지

사연 없는 유서를 몸에 품고 다녔지

아무도 궁금해하지 않은
당신들의 무대에

리모델링 중입니다

젖은 하늘 갈아 끼우는 손들이 분주하다

매일 아침 마주한 표정을 들어낸 뒤

다 뜯긴 구름 몇 장을 비스듬히 놓는다

벽에 핀 꽃들은 무관심에 저물어

시들한 사랑과 마음만 드러냈다

장마철 빗물에 젖어 금이 간 담장들

줄 줄 줄 세던 울음 틀어막고 조이면

이제 뚝 그칠 거라는 당신의 말들이

어느새 꽃무늬 벽지에 얼룩지는 중이다

주말부부 클리닉

우리는 둘만의 비밀번호 공유했지

현관문 열자마자 마주 보는 빈 벽들

침묵이 도배된 방은 대체로 지루했어

흘러내린 이불 속에 적막은 더 부풀었지

아무도 모르게 지문조차 덮는 먼지

포트엔 여느 때처럼 한숨이 끓고 있어

혀끝에 침 발라 우표를 붙이던 아침

끝 문장을 쓰지 못한 편지가 그리운데

우리는 다 식은 주말에 저녁밥을 먹고 있어

겨울의 부조

거울 속 잠긴 너는 열리지 않았어

잿빛 섬들이 봉분처럼 하나둘 떠올라
어쩌다 끌어당기면 물빛이 출렁였지

갈비뼈가 비치던 얇고 흰 유리창엔
속이 텅 빈 말들만 습관처럼 들락거렸지

아무런 상관도 없는 여자가 기웃거렸어

열한 시 방향에서 멈춰 버린 시곗바늘
더디게 밤은 오고 고양이는 울어댔지

누구도 만나지 못한 너의 밤이 어른거려

그녀의 옆집

냄새부터 요란해
그녀의 저녁은

자르고 썰다가 부서진 두부 같아

바닥에 미끄러지는 소리가 들렸어

그녀의 목소리는 흐리고 또 흐렸어

바위로 눌러 둔 덮개가 흔들렸지

바닥이 다 깨졌을 거야
그녀의 겨울은

소리는 흩어지면서
쉽게 선을 넘었지

고요하고 거룩한 밤을 꼬박 지나서

막 사 온 두부를 들고
문 앞에서 기다렸어

| 해설 |

경쾌한 언어로 적은 주관적인 기억

이정현(문학평론가)

| 해설 |

경쾌한 언어로 적은 주관적인 기억

이정현(문학평론가)

"당신은 지친 나를 양말처럼 구겨 넣는다
바닥으로 흘려버린 감정은 버려둔 채
서글픈 비명을 밟고 거칠게 문 닫는다"
-「서랍의 시간」

과거에 일어난 사건은 변하지 않지만, 과거의 의미는 변한다. 기억하는 자의 위치와 상황이 변하기 때문이다. 기억은 불균형한 물질이다. 시시때때로 변하고, 첨가된다. 아무 것도 아닌 대상이 사무치는 애증의 대상으로 변질되기도 한다. 그 변화를 감당하면서 인간은 비로소 거듭난다. 프루스트가 얘기했듯이 시간을 구원하는 것은 기억이다. 이송희 시인의 신작 시집 『내 말을 밀고 가면 너의 말이 따라오고』에서 시적 화자는 어떤 대상을 응시하며 주관적인 기억을 되살리는 작업을 반복한다. 눈에 들어온 사물과 풍경은 모두 화자의 개인적인 기억을 자극하는 매개체가 된다. 이를테면 이런 식이다. '배꼽'은 "내 울음의 뿌리"(「배꼽의 둘레」)가 되고, 내리는 비를 보면서 돌아가신 아버지(「일기 속 우기」)를 떠올린다. '몽유병'은 "네 이름 썼다 지운 자리"(「몽유」)로 명명된다. 화자는 '꽃꽂이'를 하면서 "당신의 젖은 혀를 단숨에 자른다/ 피투성이 잘린 말이 조각조각 쌓인"(「꽃꽂이」)다고 적는다. 화자의 주관을 통과하면서 사물과 풍경들이 상기하게 만드는 것은 '나'와 끝내 함께 할 수 없었던 '당신'과의 추억이다. 화자는 철길 위에서 읊조린다. 마치 철길처럼, 지금 '나'와 당신은 일정한 간격을 유지하고 있다. 그 간격은 좁혀지지 않는다.

1.

우리는 약속처럼 간격을 유지했다

같은 곳을 향하여 꿈꾸는
은빛 창문

적당히 바람이 불고
그리움도 덜컹거려

2.

바깥은 아직 여름, 우리는 뜨거웠다

저녁이 지나가고
막 눈 뜬 역사 안에

다시는 만날 수 없는
기적 같은 하루가 온다

—「철길 위의 시간」 전문

관념을 경유하지 않는 동물들의 언어는 명쾌하다. 그러나 동물이 구사하는 신체의 언어와는 달리 사랑을 언어화하는 일은 시련이 뒤따른다. 사랑의 언어는 늘 어긋나고 뒤틀린다. '나'가 자신의 감정을 파악했을 때는 이미 당신은 내 곁에 없다. 세상에 같은 사람은 없다. 누구와도 같지 않으므로, 당신은 '나'를 오래도록 아프게 한다. 타인과 갈등을 빚었을 때도 인간의 언어는 언제나 늦거나 빠르다. 그래서 어떤 대상의 의미를 알기 위해 필요한 것은 그 대상의 부재다. 연인들은 끊임없이 사랑을 속삭이지만, 그 관계와 사랑의 의미를 이별 이후에 알게 된다. 언어는 유예된 시간의 무게를 감당하지 못한다. 시인은 이러한 진실을 이미 알고 있다. 시차를 감당하려는 자에게 허락된 것은 주관적인 회상뿐이다.

기억이란 불안한 물질과도 같다. 기억은 "낯선 방문객"(「스토킹」)처럼 느닷없이 엄습하고, 은밀히 편집된다. 지리멸렬한 생에 활력을 불어넣다가도 짙은 무력감을 선사한다. 시간은 속절없이 흐르고, 그리운 사람이 내 곁에 없다는 사실만 뚜렷해진다. 기억은 마치 아무도 듣지 않는 고백과 흡사하다. 하지만 기록하는 행위를 거치면서 기억은 과거의 사건을 새로이 연결하고 관계망을 만들어내는 서사적인 실천이 된다. "기억은 돌아갈 수 없는, 나를 불러세"(「흘러내리는 기억」)우고, 현실의 결락감을 채우는 동력이 된다. 시인이 사물과 풍경에 개인의 기억을 덧씌우는 작업을 집요하게 반복하는 이유다. 시는 돌이킬 수 없는 시간에 갇혀 "색을 잃은 감정"(「이사」)들을 새롭게 채색한다. 그러나 고통과 아쉬움은 역설적으로 남은 생을 버티는 힘이 된다. "시간이 저문 뒤에야 보이는 자화상"(「꽃꽂이」)을 마주하지 않는다면, 그건 아마도 무언의 약속조차 없는 무미건조한 삶일 것이다. '이사'는 말 그대로 거주지를 옮기는 일이지만, 시인은 이사 가는 풍경을 '기억', 혹은 '삶'의 특징과 겹쳐놓는다. 지나간 시절에는 "지나간 사랑"이 있고, "추웠던 계절"이 있지만, 그것들은 분리수거가 되지 않는다. "자꾸만 어긋나서 들썩이는 세간"처럼 '나'의 육신도 세월이 지날수록 낡아갈 것이다. 세월이 지난 기억이 흐릿해지면서 우리는 서서히 언어를 상실한다.

색을 잃은 감정들이 차곡차곡 담긴다

지나간 사랑도 그 위에 놓인다

방안의 장롱 밑에는 수북한 먼지뿐

추웠던 계절들은 분리수거가 되었을까

자꾸만 어긋나서 들썩이는 세간들이

아무런 저항도 없이
옮겨지는 중이다

벽에는 꽃무늬 벽지들이 시들고

느릿한 더듬이로 갈 곳을 짚어본다

우리는 말을 버린 채
불안하게 실려 간다

—「이사」 전문

시인은 과거에만 머무르지 않고 주변 세계에도 시선을 돌린다. 시인의 눈에 들어온 사물과 풍경들은 이 세계의 우울한 단면을 간결한 언어로 스케치한다. 흔한 풍경을 다룬 쉬운 언어지만, 그 안에는 매몰된 가치들과 몰락하는 자의 슬픔이 담겨 있다. 「그림자 노동」을 읽는다. 이 시에는 인건비 절감을 위한 기계, '키오스크' 앞에서 커피를 주문하는 한 사람이 등장한다.

> 키오스크 앞에서 커피를 주문한다
> 레귤러 사이즈에 휘핑크림 얹은 후
> 순서를 기다리면서 놓친 말을 곱씹는다
>
> 바닥에 가라앉은 시간마저 버리면서
> 멈출 수 없는 바퀴로 사는 나를 또 돌린다
> 안내된 문구를 따라 바코드를 찍는 오후
>
> 샷 추가된 피로가 종이컵에 쌓이는 동안
> 등 뒤의 모래시계도 쉼 없이 흘러간다
> 아무도 모르는 사이 그림자가 되어 간다
>
> —「그림자 노동」 전문

자본주의 사회에서 판매자와 소비자 사이에 오가는

대화는 한정되어 있다. 그러나 키오스크의 등장은 그 제한된 대화마저 사라지게 한다. 키오스크는 이제 결혼식장에서 축의금 결제나 종교시설의 헌금 납부에도 동원되고 있다. 키오스크 앞에서는 에누리가 존재하지 않고, 간단한 대화마저 차단된다. 그것은 이 세계가 '비장소'가 늘어나는 증후이기도 하다. 마르크 오제는 '비장소'라는 개념을 제시하며 정체성과 관계성, 역사성이 소거된 공간이 늘어나고 있음을 지적한 바 있다. 고속도로, 공항, 대형할인점 등은 이미지에 의한 매개를 통해 경험되는 대표적인 비장소의 공간이다. 그곳에서는 고객과 점원 사이의 지극히 사무적인 대화 외에는 대화가 거의 발생하지 않는다. 상품을 선택하고 값을 지불하는 과정에는 텍스트와 이미지, 신용카드를 읽는 카드리더기 정도가 동원될 뿐이다. 신용카드는 비장소를 상징하는 명시적 기호다. 이 공간에 들어선 자는 해당 공간에 합당한 자격을 갖추었다는 것을 입증해야 한다. 게다가 비장소에는 과거는 없고 현재만 지속된다. 최신 뉴스 외에는 어떠한 역사도 존재하지 않는다.

비장소로 가득 찬 세계에서는 사랑도 누구나 이용가능한 상품처럼 변질된다. 슬픔 역시 관리가 가능한 수준으로 조절하는 것이 미덕이 된다. 사랑의 혁명성은 시장과 자본의 법칙을 거스른 속성에 있다. 이윤을 추구하는 시장과 모든 것을 착취하고 흡수하는 자본과는 달리 사랑은 자신의 모든 것을 나누어주고도 아까워하지 않는 감정이다. 사람은 사랑에서 비롯된 슬픔을 통과하면서 타인을 이해하게 된다. "사랑하는 자아는 사랑의 대상에게 자신을 내어줌으로써 확대"(지그문트 바우만)된다. 세계의 곳곳이 비장소로 채워질수록 그런 감정들은 의미를 잃는다. 그러면서 '관계'의 의미도 재정립된다. 지금-여기의 세계에서는 '관계' 대신 '네트워크'라는 말을 선호한다. '네트워크'란 곧 연결하는 동시에 연결을 끊을 수 있는 망mattrix을 의미한다. 네트워크 속에서 연결하기와 연결 끊기는 동등하게 적법한 선택이며, 동일한 지위를 누린다. '연결'은 곧 '가상적 관계'다. 장기적인 헌신은 구차한 것으로 치부된다. 시인은 「서로이웃」에서 이 '연결'의 허망함을 담담한 어투로 적는다.

이따금 옆집에서 강아지가 짖었어요

얼굴 없는 그림자가 문밖에 서 있나요

복도를 함께 쓰면서 바람을 공유했죠

문 앞의 택배 상자엔 강아지 사료뿐

벨을 힘껏 눌러도 반응이 없더군요

일면식 한 번도 없는 달력이 넘어가요

어디선가 흘러나온 아나운서 일기예보

내일의 날씨는 구름 가끔, 흐리다네요

여전히 모르는 얼굴이 이웃 추가돼 있네요

—「서로이웃」 전문

층간 소음, 분리수거, 흡연, 애완견 등으로 인한 갈등 외에는 이웃들이 서로 관심을 끊은 풍경을 담은 시다. 마지막 연에서 시인은 '서로이웃'이라는 네트워크를 언급한다. 그래도 현실의 이웃은 복도에서, 분리수거장에서, 엘리베이터에서 마주치고, 소음으로 서로의 존재를 인식하고 살아간다. 그러나 블로그blog의 '서로이웃'은 좀 다르다. 상대를 '이웃'으로 설정하면서도 서로의 실체를 모르는 경우도 많다. '눈팅'을 하다가 가볍고 무책임한 댓글을 작성한다. 그러다가 상대가 업로드한 내용이 불편하거나 지겨우면 클릭 한 번으로 관계를 끊는다. 자판을 치는 횟수를 줄이고 강렬한 느낌 전달을 위해 고안한 각종 줄임말과 신조어, 이모티콘 등이 대화를 대체한다. 무겁고 더디고 너저분하고 느려터진 '현실의 관계'와는 달리 가상적 관계는

훨씬 말쑥하고 깔끔하고 '사용자 친화적'이다.

슬픔을 예약했어요
다음 주 토요일로

울고 싶은 날이죠
취소는 안 된대요

실연의 주인공을 따라
한강변으로 갈게요

추가된 옵션으로
웃음을 구매하면

자동으로 당신도
업데이트될 거래요

또 다른 감정들을 모아
장바구니에 담아둬요

—「AI 쇼핑」 전문

가상적 관계는 다른 모든 관계들을 몰아낸다. 이 관계에서는 헌신이 무의미해진다. 원할 때 관계를 쉽게 끊을 수 있게 해주는 장치들은 우리의 불안을 덜어주지 못한다. 네트워크 안에서 사람들은 "모르는 당신을 향해 환하게 웃"고, "검색창을 뒤적이며/ 길고 짧은 댓글에 내 몸을 끼워 맞춘"(「유투브 바로가기」)다. 코로나19 팬데믹을 계기로 단절과 '거리 두기'에 적응한 사람들은 더욱 쉽게 네트워크에 길들여진다. "마스크를 쓴 입들이 떠다"(「왕비 이야기」)는 풍경에서 사람들은 서로의 얼굴을 보지 않는다. 코로나19 이후 아동들의 언어 습득능력은 현저히 저하되었다. 사람의 입모양을 보지 못하기 때문이다. 유년 시절부터 스마트폰과 컴퓨터 자판에 익숙해진 그들은 서서히 "누구도 꺼내지 못한 거울"에 갇힌다.

> 내게서 격리된 내가 허물을 벗고 있다
>
> 손과 발이 묶이고 입마저 가려진 채
>
> 누구도 꺼내지 못한 거울 속에 갇힌다
>
> 침묵이 고인 식탁, 홀로 씹고 삼킨 말은
>
> 소화되지 못한 채 구석에 쌓인다

베란다 화분 속에는 불안이 자란다

유통될 기한도 없는, 마스크 쓴 낮과 밤

실금이 유리벽에 번져가는 중이다

밀폐된 통 속에 누워 날을 세운 눈빛들

—「거리 두기」 전문

시인은 "흐릿해진 문장을 손끝으로 짚어가며"(「블랙아웃」) 주관적인 기록을 멈추지 않는다. 그 기록은 지금의 세계와 도무지 어울리지 않는다. 비장소와 네트워크로 구성된 세계에서도 여전히 시를 쓰는 이유는 자명하다. 삶의 상투성에 투항한다면 '나'가 당신을 기억하는 행위는 공허한 반복에 불과하다. 고유한 고독을 포기한다면, '나'는 비장소에 갇혀버릴지도 모른다. 네트워크의 세계에 안주한다면 '나'는 누군가를 쉽게 판단하고 규정하게 되리라. 자멸적인 나르시시즘으로 가득한 언어를 편리하다고 느낀다면 '나'의 언어도 그와 닮아갈 것이다. 시인은 "뭉개진 나를 꺼내"어 "기억을 두드리"면서 쓴다. 시집에 나열된 짧고 간결한 시들은 혐오가 만연한 세계에서 시인이 작성한 '댓글'과도 같다.

누가 날 여기에 데려다 놓았을까?

안개를 건너가면 새 길이 열릴 거라던

귓속에 맴도는 말이
모래알로 흘러내린다.

뭉크의 절규를 저벅저벅 걸었다

허방에 헛디디고 늪지에 빠진 발

경계가 지워진 곳에
덩그러니 몸만 남아

하얗게 물든 밤과 캄캄한 낮의 시간

그 속에 갇혀서 제자리만 맴돌던,

뭉개진 나를 꺼내어
기억을 두드린다

—「화이트아웃」 전문

발랄한 시들을 읽으면서 희미한 슬픔을 느끼게 되는 건 생의 필연적인 '어긋남'에서 비롯된 것이다. '나'의 기억은 당신을 붙들지 못하고, 이 세계의 질주를 멈추지 못한다. 그 사실을 알면서도 살아가야만 하는 자의 슬픔. 그것이 생의 비애다. 그래도 시인은 발랄한 시를 쓴다. 시인은 그것만이 남루한 생을 위로할 방법이라는 사실을 믿고 있는 것만 같다.